Au-delà de l'Ombre

LUDIVINE SUZAN

Au-delà de l'Ombre

Nouvelle SF

© 2025 Ludivine SUZAN
Édition : BoD · Books on Demand,
31 avenue Saint-Rémy, 57600 Forbach, bod@bod.fr
Impression : Libri Plureos GmbH, Friedensallee 273,
22763 Hamburg (Allemagne)
ISBN : 978-2-3226-3454-5
Dépôt légal : Mai 2025

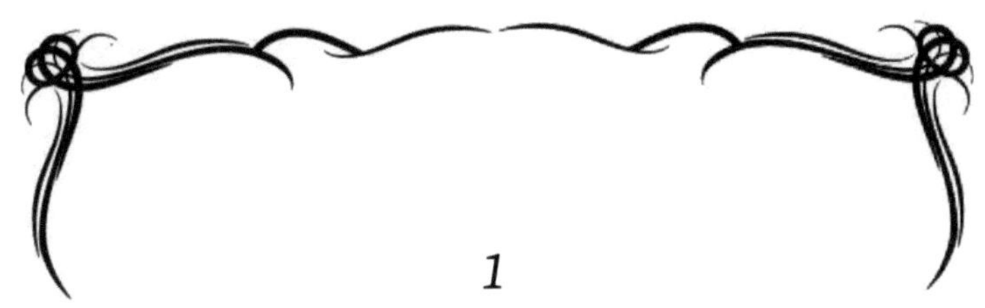

1

– Lui –

Du bruit dans le placard. Dans le placard du placard dans lequel je dors, je veux dire. Je pousse ma couverture élimée, allume la lampe avec mon pied. Un tube en carton rigide traîne sur le sol. Je le saisis, en caleçon. Inspiration. Je replace mes mains sur ma batte improvisée. Inspire, expire. Quelle angoisse ! Qu'est-ce qui se cache là-dedans ? Un rat ? J'espère que non ! Ces bestioles sont des porteuses potentielles du fléau. Il ne manquerait plus qu'une contamination du bloc commence dans ma chambre. Je serais mal barré ! Je lève le tube trop mou à mon goût. La porte du placard s'ouvre brutalement. Je bondis en arrière.

— Je suis armé !

— J'en peux plus !

Cheveux longs. Jupette courte. Veste ouverte… Ouais, pas de doute : une nana. Je laisse glisser mon carton jusqu'au sol.

— Tu m'as fait peur. Sérieux, t'es qui ? C'est Yoshio qui t'a planquée là-dedans ?

— Heu… Non.

— Qu'est-ce que tu fous dans ma chambre, alors ?

— Ta… chambre ?

Elle regarde la pièce à peine plus large et longue que mon matelas d'un air horrifié.

— Ouais, ma chambre. Dis à Yoshio de garder ses conquêtes dans la sienne.

— Garder ses… Sale rustre ! C'est toi qui te présentes tout juste vêtu devant moi !

— Je suis dans ma chambre et j'allais me coucher. J'y retourne, d'ailleurs. Sors d'ici.

Je me réinstalle sous ma couverture. Yosh m'agace à chercher à me mettre une fille dans les pattes. Comme si je n'avais pas assez à entendre – et parfois à voir – avec mes colocs lubriques dans la bicoque. En rogne, je constate que ma non-invitée n'a pas bougé d'un pouce.

— Tu attends quoi ? Tu doutes de la porte à utiliser pour sortir ? T'inquiète pas, je dirai à Yosh que t'as assuré.

— Tu n'y es pas du tout ! Je suis entrée ici pour… Eh bien, pour me planquer. Il y a plusieurs heures. Avant que les… bruits ne commencent.

Avant que les premiers ne rentrent du hangar des téléporteurs ? Je repousse ma couverture et m'assieds, intrigué.

— Si tu le dis. Comment tu as pu en arriver à te planquer dans le placard de ma chambre ?

— Ça ne te regarde pas. Si je sors maintenant, je ne risque pas de rencontrer un de tes colocataires ?

— « Parasites » serait plus exact. Je ne sais pas pour les autres, mais Yosh est manifestement occupé dans la chambre du dessous. Il est en rythme, hein ?

Même à la faible lumière de ma lampe, je la vois virer au rouge coquelicot. Ses yeux s'écarquillent et elle recule en inspectant la fenêtre.

— On est au quatrième. Mauvaise idée.

— C'est à moi d'en juger.

Elle ouvre la fenêtre. Le vent frais s'engouffre dans la pièce. Je me redresse davantage :

— T'envisages vraiment de sauter ? Tu veux te tuer ou quoi ?

Elle se retourne et pose son index sur ses lèvres en esquissant un sourire. L'éclat d'un large bracelet argenté renvoie un rayon lunaire et elle saute par la fenêtre sans hésiter.

Mes doigts se referment dans le vide. J'étais trop loin, et elle trop rapide. Je déglutis, le corps engourdi. Aucun bruit de chute ou de choc sourd ne me parvient. À la fenêtre, j'hésite à regarder dans la rue, redoutant une scène cauchemardesque. Fouillant l'obscurité, je n'y discerne pas de corps. Elle est déserte, telle que le couvre-feu l'exige.

Mon cœur s'emballe. Qu'est-ce qu'une chercheuse faisait de ce côté de la frontière, dans un bloc résidentiel des producteurs, dans le placard de ma chambre ?

***

Je patiente au milieu de centaines d'autres dans le silence bourdonnant caractéristique du hangar. En rangs disciplinés, nous patientons pour être envoyés à nos postes.

Mon regard fixe les cheveux blonds et ras de Yoshio alors que je divague. J'ai dû rêver, la nuit dernière. Aucune chercheuse ne s'est introduite de ce côté de la frontière. C'est évident. J'en ai marre des blagues de mon pote et le pousse à se retourner.

— À propos d'hier soir, arrête de m'envoyer des gonzesses dans ma chambre.

— C'est vrai que ça fait un moment que je ne l'ai pas fait, sourit mon ami. C'est une réclamation ?

Non. Il ment, c'est forcé. C'est la conclusion que j'en ai tirée cette nuit : l'explication la plus simple reste la meilleure. Cette fille, c'était forcément une ex envoyée par mon coloc. C'est comme ça qu'elle est partie si vite, en passant par la fenêtre pour rejoindre celle du dessous.

— Ne rêve pas. Et cette blonde, qu'elle ne revienne pas.

— Ce que tu racontes m'intéresse. Il y aurait une blonde au bloc que je n'ai pas encore croisée ?

— Sans doute que si, puisqu'elle était dans ma chambre, hier soir.

— C'est pour ça que ton histoire m'intrigue : parce que je n'ai envoyé personne, hier soir.

Je soutiens son regard, agacé. Il lève les mains, doigts croisés pour jurer :

— Vraiment, elle ne venait pas de ma part ! Tu as profité ?

— Comme si c'était mon genre !

— Allez, Frío ! La blondinette, elle est jolie ?

— Ouais. Ouais, elle est pas mal.

Je la revois rougir, adorable. Il faisait trop sombre pour que je discerne la couleur de ses yeux, mais j'ai très bien repéré ses formes généreuses. Depuis six ans que je vis avec mes colocs désinhibés, j'ai appris à deviner les courbes sous les vêtements à force de les voir disparaître sans prévenir.

— Pas mal, hein ? ricane mon ami. Si tu le dis, elle doit valoir le détour.

Je hausse les épaules. Yosh n'a jamais nié m'avoir envoyé une nana frapper à la porte de ma chambre avant aujourd'hui. S'il le fait, c'est sans doute la vérité. Dans ce cas, qu'est-ce qu'une chercheuse, immunisée, viendrait faire dans un bloc résidentiel, de l'autre côté de la frontière marquée par la forêt ? Certes, son ADN la protège d'une contamination par le fléau, mais si elle avait le malheur de croiser une ombre, elle s'attaquerait à elle. Tout ce que le fléau ne peut assimiler, il l'élimine. C'est une des raisons qui a motivé la division de l'humanité, autant pour protéger les gens naturellement immunisés que les autres.

Ouais, j'ai dû rêver. C'était seulement une nana super forte en escalade. Complètement inconsciente aussi, parce qu'elle est quand même sortie par la fenêtre du quatrième étage d'une baraque rustique qui en compte cinq ! Sans hésitation et en plein couvre-feu.

Je secoue la tête, inquiet à nouveau. Yoshio prend place sur un tapis roulant qui monte. Il disparaît dans un téléporteur, envoyé vers son bloc de travail. Une odeur de métal humide règne dans cette partie du hangar. Le sifflement crachotant de la machine se fait entendre et mon tour arrive. Les neuf arches s'immobilisent à peine deux secondes pour me laisser passer et m'envoyer vers un autre bloc.

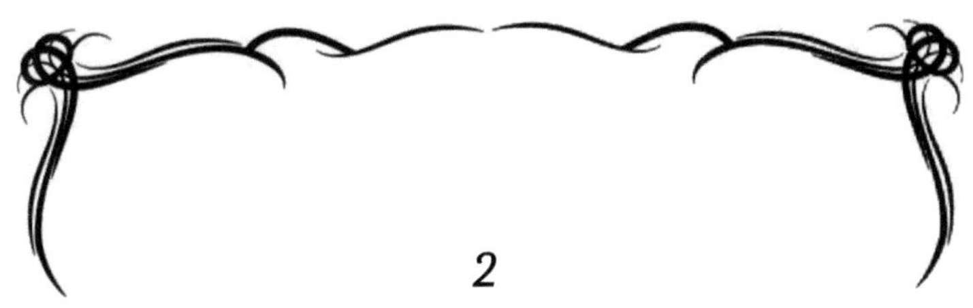

2

– Lui –

Ma tête tourne. Je me mets rarement dans un état pareil, mais je voulais me sortir la fille du placard de la tête. C'est raté. Ça fait quatre jours. Je vérifie mon placard tous les soirs et tous les matins. Je ne ferme plus ma fenêtre. Je rêve d'elle la nuit. Je me réveille en pensant à elle. Et là, je vais me coucher alors qu'il fait encore jour pour essayer de l'oublier.

Je fais basculer mon matelas installé contre le mur et m'étale de tout mon long. Une main fraîche se pose sur mon front et soulage ma nausée montante. Des doigts curieux effleurent mon cou à l'endroit où se trouve mon tatouage d'identification, sous mon oreille gauche.

Des bruits me parviennent de la chambre du dessous. Je frappe du poing contre le mur pour réclamer le silence. Je me suis levé ? Je me retourne et elle est là. Je décolle du mur. C'est une personne réelle, au moins ?

Toujours blonde. Toujours avec son petit bout de nez rond. Toujours l'air méfiant. Et toujours à faire réagir mon corps comme il ne l'a jamais fait.

— T'es qui, au juste ?

— Tu en as déjà une idée.

— Non. Non, je ne sais pas. Parce que j'ai beau y penser dans tous les sens, ça n'a pas de sens. Si ç'avait du sens, j'aurais trouvé le sens du sens. Mais c'est sans sens, puisque ta présence ici n'a aucun sens !

Elle ouvre la bouche sans prononcer un seul son. D'ailleurs, il n'y a plus de bruit. Mon coloc est en pause.

— C'est cet endroit qui n'a pas de sens, si tu veux mon avis. Tu es saoul ?

Ma porte s'ouvre brutalement. Avant même de comprendre ce que je fais, la fille du placard se retrouve entre moi et le mur.

— Nom d'une ombre, Frío ! T'as ramené quelqu'un ? Yo, les copains, Frío est chaud, ce soir !

— Dégage, Yosh !

— Ho là ! Pardon ! Je pensais t'avoir entendu râler, je voulais vérifier que ça allait. J'ai ma réponse !

Il ferme lentement la porte. Moi, j'observe les yeux de la fille du placard. Ils sont bleu-vert. Bleus contre la pupille et verts sur le pourtour de l'iris. C'est joli, ce mélange. Non. C'est beau.

— Tu peux reculer ?

Je hoche la tête sans bouger, plongé dans ses yeux.

Chaque inspiration me semble plus légère, plus facile, plus chargée de son odeur de pin. Mon cœur accélère. J'ai envie de l'embrasser, pas de m'éloigner.

— Tu attends quoi pour le faire ?

Sérieux ? Je me penche, humidifie mes lèvres et me lance. Sa bouche est douce et moelleuse. La seconde suivante, ma tête heurte le mur opposé de ma chambre.

— Hé ! Pourquoi tu me pousses ?

— Tu te poses la question ? Pourquoi tu as fait ça ?

— Ben… Tu m'as dit de le faire !

— Je t'ai dit de reculer ! Pas de m'embrasser ! Pervers !

— Pervers, moi ? Pour un simple baiser ? Elle est belle, celle-là !

— Je n'aurais pas dû revenir. Je savais que c'était une mauvaise idée.

— Quoi ? Non, attends, je ne connais même pas ton prénom !

— Et c'est tant mieux, Frío.

Là, je m'agace. Quitte à me faire traiter de pervers ! Je fais un pas en avant et désigne mon pantalon tendu depuis quatre jours :

— J'ai l'air d'être froid, là ?

Elle cligne des yeux, stupéfaite.

— Tu… Le garçon t'a appelé Frío.

J'en reste comme deux ronds de flan. Elle attrape une cape, sur le départ. Je dois reprendre mes esprits maintenant, ou je suis bon pour avoir des crampes aux mains pendant des semaines !

— C'est un surnom. Je m'appelle Taylor. Et ça ne rattrape pas, mais, désolé. Je suis encore vaseux et j'ai cru que tu me disais de t'embrasser.

Elle détourne les yeux, le teint enflammé.

— Ce n'était pas ce que je demandais, je voulais que tu t'éloignes.

— Ouais, j'ai capté quand je me suis cogné la tête. Je pensais à t'embrasser et… Je me suis embrouillé.

Nouveau silence. J'en ai trop dit, non ? Il faut que je fasse gaffe. Elle ne semble plus prête à sauter par la fenêtre. Je glisse contre le mur qui recommence à tanguer :

— Si tu n'es pas d'ici, tu viens de quel bloc ?

Elle s'accroupit devant moi, découvre son poignet droit où se trouve toujours le large bracelet brillant. Je secoue la tête :

— Ce n'est pas un vrai. Ce n'est pas possible. Et si c'est un vrai, tu n'as rien à faire là. C'est dangereux pour toi.

— C'est dangereux pour vous, plutôt. Je pourrais attirer une ombre jusqu'ici et vous risqueriez d'être contaminé par le fléau.

— Ouais, ben, c'est pareil. Pourquoi une chercheuse voudrait venir côté production, de toute façon ?

— Pourquoi ne le voudrait-elle pas ?

J'écarte les mains pour répliquer, mais mon cerveau refuse de coopérer. Aucune pensée cohérente n'arrive à sortir.

— Si c'est vrai, rentre. Rentre chez toi, tu sais, de l'autre côté de la forêt !

— Pas si fort ! Je n'ai pas l'autorisation d'être ici !

— Raison de plus. Sors d'ici et rentre chez toi.

Je la pousse hors de la chambre, la capuche de sa cape rabattue sur sa tête. Nous esquivons tant bien que mal les résidents, en particulier Yoshio qui aimerait faire plus ample connaissance avec elle. L'inconnue du placard retire sa cape dès que nous quittons la zone résidentielle.

Je ne sais pas pourquoi je continue à la suivre, mais je la suis. Même quand nous passons la zone de loisir libre – une bande d'herbe mal entretenue où, parfois, des gamins viennent taper dans un ballon. Même quand elle franchit le muret de pierres avertissant que nous passons en zone à risques, je continue. Le seul avantage de cette balade un brin tardive, c'est que j'ai le temps de retrouver toute ma lucidité.

— C'est joli, toutes ces herbes folles. Il y a même des fleurs.

— Ouais. Peut-être. Personne n'a vraiment le droit de venir ici.

— C'est interdit ?

— Oui et non. Personne ne passe le muret, donc il n'y a pas de surveillance. Aucun producteur n'a envie d'être aussi loin de la colonne électromagnétique qui repousse les ombres.

— Rentre chez toi si nous sommes hors de portée de la colonne. Je ne crains rien, moi.

Elle agite encore son bracelet sous mon nez. Je saisis sa cape pour mieux le regarder. Pas de raccord apparent, pas moyen de l'enlever. Seul le sigle des chercheurs y est gravé.

— C'est vraiment un vrai ?

— Pourquoi est-ce que je me promènerais avec un faux bracelet de chercheuse ?

Je lâche son vêtement. Sa main vient vers mon visage. Je déglutis sans bouger. Si je bouge, je vais encore l'embrasser. Pourquoi, dès qu'elle s'approche, je ressens ce besoin irrépressible de la plaquer contre moi ? D'habitude, peu importe qui tente sa chance, mon corps reste indifférent, d'où mon surnom à la maison. Là, sa main s'éloigne et je n'ai qu'une envie : la prendre pour y frotter ma joue.

Nous reprenons notre chemin jusqu'à la frontière. Impossible de la rater, ou de douter : le grillage qui la délimite monte à plus de quatre mètres et derrière, la forêt s'épaissit rapidement. Je grogne :

— Tu ne vas pas me dire ce que tu es venue faire dans ma chambre ?

— Moins tu en sais, mieux c'est ! Nous en reparlerons.

— Et si je ne veux pas que tu reviennes chez moi ? Tu y as pensé ?

Elle se retourne avec un sourire espiègle :

— À dans trois jours.

— Certainement pas ! Ne reviens pas !

C'est beaucoup trop dangereux pour elle. Je veux dire, pour nous. Elle s'approche de moi. Je relève son défi silencieux en ne bougeant pas. Est-ce que c'est normal que sa proximité me rende aussi nerveux ? Je serre les dents et elle s'approche. Ses lèvres frôlent les miennes, se pressent, rendent plus perceptible chaque battement de cœur. Le temps que je comprenne ce qui m'arrive, elle est déjà près du grillage :

— Un baiser, hein ? Ce n'est pas désagréable.

Elle disparaît en semblant passer au travers de la clôture. Quand je m'approche, il n'y a pourtant pas une trace de partie sectionnée. Comment elle a fait ?

Je ferme les yeux et humidifie mes lèvres qui ont le goût des siennes, parfaites.

Baiser volé : 1 partout.

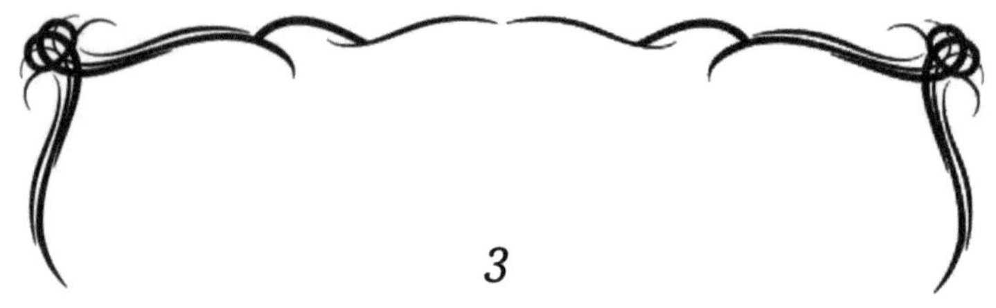

3

– Lui –

Chaque fois, c'est elle qui vient. Elle m'attend soit dans ma chambre, soit au bar, ou même au hangar. La voir en pleine rue me rend nerveux, mais elle porte toujours des manches longues et, si ses cheveux couvrent largement sa nuque, elle arbore néanmoins un code d'identification éphémère au cou, suffisamment convaincant pour berner Yoshio qui l'a repérée à chaque fois qu'elle est venue me chercher à l'extérieur. Il pense qu'elle vient d'un autre bloc. Encore heureux !

C'est la sixième fois que nous nous retrouvons. Chaque fois, nous nous installons, allongés derrière le muret, en direction de la forêt. Personne n'y vient jamais, nous y sommes tranquilles. J'aimerais bien qu'on utilise cet isolement pour autre chose, mais on ne fait que discuter. Pas un seul nouveau baiser entre nous, alors que je rêve de couper court au flot de questions qui lui échappe en lui fourrant ma langue dans la bouche.

Au lieu de céder à mes pulsions inhabituelles, je l'écoute et réponds. Parfois, elle accepte que je lui pose une question à mon tour. Elle lâche néanmoins très peu d'informations sur la vie de l'autre côté de la forêt. Je sais d'elle un prénom dont je ne suis même pas certain qu'il est le vrai : Zéfia. Elle vit en face d'une pâtisserie qui confectionne, d'après elle, les meilleures gourmandises de la ville, sa favorite étant un dôme de mousse au citron au cœur de framboise, le tout enveloppé d'un glaçage rose très sucré. Très utile à savoir.

Aujourd'hui, elle est branchée fléau. En particulier à propos du ressenti des gens sur leur niveau de sécurité et la désertion de cette zone.

— Tu es inquiet d'être ici ?

— Non. Si une ombre avait eu la force de s'éveiller, elle l'aurait fait depuis longtemps. Elle s'en serait prise à toi, avec tous tes allers-retours dans le coin !

Elle rit :

— Une ombre ne prendrait pas la peine de s'éveiller pour essayer de tuer une non-assimilable.

Je me referme. Cette conversation commence à faire remonter de mauvais souvenirs.

— Elle le ferait, si elle en avait la force. Sinon, non. Elle attendrait un mammifère propice à l'assimilation, pour peu qu'il en reste. Mais tu serais quand même repérée. Les non-assimilables représentent une menace pour le fléau, car ils peuvent s'en prendre à lui une fois qu'il a pris possession d'un hôte.

— On croirait entendre un chercheur du remède, pas un producteur. Tu as lu des ouvrages ?

— Pas plus que ce qu'on nous impose pour qu'on soit conscient du danger.

— Pourtant, tu parles comme si tu t'y connaissais vraiment. Ou comme si tu avais déjà vu une ombre.

Je ne réponds pas. Elle se redresse au-dessus de mon visage.

— Tu en as déjà vu une, c'est ça ?

— Je n'ai pas envie d'en parler.

Elle se rallonge à côté de moi sans dire un mot, la brise pour seule mélodie entre nous. Nos doigts se cherchent, s'effleurent. Il faut absolument que je trouve de quoi m'occuper l'esprit pour ne pas laisser mes mains devenir baladeuses.

— Je suis arrivé ici il y a six ans. Avant, j'étais au bloc 421.

— Le bloc où il y a eu la dernière contamination de masse ?

Je hoche la tête. Le sujet a le mérite de calmer mes ardeurs. Ce qu'il s'est passé ce jour-là a changé ma vie du tout au tout. J'évite de l'évoquer, pourtant, cette fois, ma langue se délie.

— Les proches des victimes avaient le choix de rester ou de changer de bloc.

Elle vient appuyer son corps contre le mien. C'est trop tentant. J'embrasse le haut de son front, à ma portée. C'est mal, je sais. Ou pas. Le geste offert m'apporte un réconfort inattendu, à moi. Son silence m'incite à poursuivre.

— Une maintenance de colonne a duré plus longtemps que prévu. Le protocole de sûreté a été appliqué, mais ça n'a pas suffi. Une ombre est passée et le fléau s'est multiplié. Parmi les victimes, un de mes amis a été assimilé.

Je fais une pause. Je n'ai jamais raconté plus que ça, pas même aux vigiles, après. Pas même à Yosh. Mais là, je vide mon sac :

— Je ne sais pas quand ça s'est passé. Seules les veines de ses chevilles étaient noircies. L'ombre l'a assimilé et s'est déplacé dans un autre corps quand il a été éliminé. Avec deux potes et une amie, nous nous sommes portés volontaires pour aider à la traque du fléau. Deux d'entre eux sont morts. La zone était bouclée depuis une semaine et le dernier assimilé tué depuis trois jours. Il ne restait plus que les vigiles, moi et Prunille, qui la chassions. Et là, l'ombre est venue me trouver.

— Elle voulait t'assimiler ?

— Elle voulait me demander pardon.

La chercheuse se redresse pour me regarder.

— Te demander pardon ?

— Oui. J'y ai vu l'opportunité de la tuer. Je lui ai dit que je voulais qu'elle m'assimile, que je ne souhaitais plus me battre. En premier lieu, elle a accepté. Et puis… Elle a refusé de le faire et de risquer ma vie.

Zéfia fronce les sourcils, dans l'incompréhension, mais toujours attentive.

— L'ombre habitait Prunille depuis trois jours. Elle m'a expliqué que plus elle passait de temps dans un assimilé, plus elle s'appropriait ce que son cerveau était capable de véhiculer. Elle avait les souvenirs de Prunille, les sentiments de Prunille. Elle ne me voulait pas de mal, parce que Prunille aurait été incapable de m'en faire.

J'observe le ciel parsemé de nuages clairs et denses.

— Nous étions tous les deux enfermés dans une chambre froide et vide, sans aucun hôte dans lequel s'échapper, ni d'autre mammifère à contaminer. Toutes les conditions étaient réunies pour tuer l'ombre et arrêter la propagation du fléau. Alors j'ai fait ce que je devais faire. Parce que peu importait ce qu'elle disait, elle avait contaminé et condamné à mort celle que j'aimais. Elle avait provoqué la mort de mes amis. Quand tout a été terminé, j'ai demandé à changer de bloc. J'avais besoin d'un nouveau départ. C'est comme ça que j'ai fini dans le placard qui me sert de chambre, dans cette coloc blindée de frotteurs !

Le silence suit ma confession. La main de Zéfia glisse sur ma joue pour que je la regarde :

— Cette fille, Prunille, vous étiez en couple ?

— Non. Il n'y a pas de couple au bloc, ça ne se fait plus depuis des années. Mais on était proches et facilement intimes, oui.

Elle semble pensive avant de demander :

— De quoi l'ombre s'est-elle excusée ?

Je grogne. Une chercheuse, mon cul ! Une fouineuse, oui !

— De ne pas pouvoir quitter le corps de Prunille sans causer sa mort. Elle a dit que si elle avait pu le faire, elle l'aurait fait et serait partie du bloc.

— Et tu l'as cru ?

— Elle s'est littéralement livrée à la mort. Elle n'avait aucune raison de mentir.

— C'est fascinant.

— Ouais, si tu le dis. Je ne veux plus en parler. Tu es chercheuse en quoi ?

Elle sourit immédiatement, le regard amusé qui laisse penser qu'elle ne va pas me répondre. Elle pose sa main sur mon torse et mon cerveau se déconnecte pour tomber d'un étage, direct dans le zgeg.

— Je travaille principalement sur l'élaboration du remède pour les humains.

Reconnexion. Info. Grosse info. Énorme info ! C'est à moi de me redresser sur l'herbe, impressionné.

— Sérieusement ?

— Oui. Mais il y a peu d'avancées. En venant ici, j'espérais trouver des indices en étudiant vos modes et environnements de vie. Mais pour le moment, je n'ai rien constaté de réellement différent entre ici et la ville, hormis la circulation libre d'alcool et le goût prononcé que les gens d'ici manifestent pour la pratique du coït.

J'éclate de rire et me rallonge, une main sous la tête.

— Ça, ça occupe pas mal d'heures dans les journées de certains, c'est sûr !

— Mais pas toi. C'est à cause de ton passé ?

— Il faut croire.

— Pourtant, quand on s'est rencontré, tu étais plutôt en forme de ce côté ! Qu'est-ce qui s'est passé ?

Ses doigts courent sur mon torse et descendent jusqu'à mon nombril. Je la regarde et inspire :

— J'ai rencontré une fille qui me plaît. Même si c'est complètement déraisonnable et fou d'imaginer que ça puisse être réciproque. Encore plus quand on sait qu'une forêt nous sépare.

Je peux difficilement faire plus clair, n'est-ce pas ? J'attends qu'elle m'envoie bouler. Il faut qu'elle arrête de venir avant que je perde tout contrôle.

Elle se mord la lèvre et se penche pour presser sa bouche contre la mienne. Sa main glisse sous ma chemise, avide de toucher ma peau.

Au diable le contrôle !

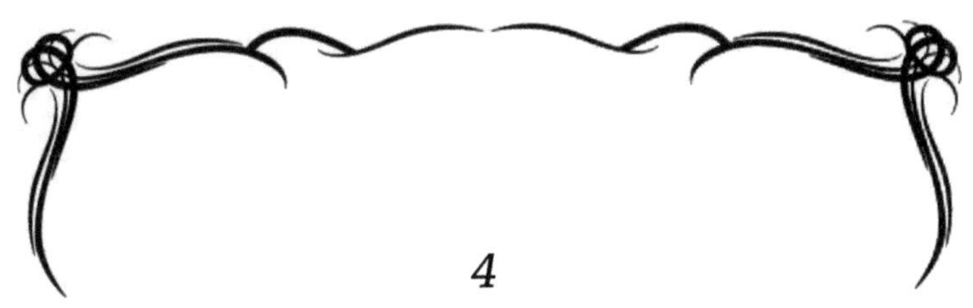

4

– Lui –

Ça fait deux semaines que Zéfia n'est pas venue.

Pourquoi je m'en soucie ? Parce que j'ai passé une après-midi mémorable avec cette chercheuse blondinette aux yeux envoûtants ? Certainement pas !

Non, certainement pas.

Alors qu'est-ce que je fous, au petit matin, à longer le grillage où elle m'a laissé encore suant de nos roulades dans l'herbe. J'ai même prévu un pull à manches longues et col roulé : pour masquer l'absence de bracelet à mon poignet et cacher la présence de mon tatouage d'identification. J'ai même pris de l'eau, de la nourriture et une lampe dans un sac. Et une boussole. J'ai même prévenu Yosh que j'allais la voir. Il me croit dans un autre bloc.

Défier l'autorité, risquer d'attirer le fléau près de mon bloc. Tout ça parce que le placard qui me sert de chambre me semble encore plus triste qu'avant, sans ses apparitions surprises. Je ne sais même pas ce que je vais trouver de l'autre côté. Ni même si elle m'a donné son vrai nom pour que je puisse la chercher. Je dois avoir été contaminé par elle. Je ne pense plus qu'à elle. Même mes notes de performances au travail ont baissé tellement son absence me pèse.

Ce n'est pas normal. Il faut que je tire ça au clair. L'endroit est approximatif, les herbes très hautes. Je repousse la verdure avec mon pied.

Et paf ! Me voilà face aux arbres. De l'autre côté.

Un téléporteur ? J'inspecte le sol entre mes jambes. Un simple disque en métal est visible, pas plus grand que ma paume de main. Rien à voir avec les immenses machines qui nous transportent d'un bloc à l'autre, mais la portée est aussi bien moindre. Je regarde encore autour de moi. Aucun doute, je suis du côté de la forêt.

C'est complètement fou. Insensé. Dangereux. Hors de la sécurité que m'offre la colonne. Je ne sais même pas combien de kilomètres de large fait la frontière. Ni où se trouve le téléporteur de l'autre côté. Je risque de me perdre entre les arbres. Sans compter les animaux, s'il y en a. Et le fléau, encore une fois.

La boussole brandie devant moi, je m'enfonce entre les arbres.

***

La forêt s'ouvre sur une large bande d'herbe rase et entretenue d'une dizaine de mètres, pas plus. Des gens pratiquent différentes activités sur plusieurs pistes de couleurs variées. De l'autre côté se trouvent des habitations à plusieurs étages, espacées par des bandes d'herbe et des chemins jaunes réguliers. Tout est carré, millimétré, lumineux. Et immense.

Planqué derrière un tronc d'arbre deux fois plus large que moi, la scène me laisse dubitatif. J'ai marché une heure, et encore, j'ai dû faire un détour pour pouvoir traverser un ruisseau sans me tremper. La frontière qu'on nous vante impénétrable et gigantesque pour nous protéger du fléau est, à son échelle, aussi fine qu'un cheveu. Il n'y a même pas un simulacre de barrière de ce côté. *Qu'est-ce que ça veut dire ?*

Je m'assoie au pied de l'arbre énorme pour boire mon eau tout en essayant de trouver une solution pour atteindre la piste de marche sans paraître suspect. Et s'il y a une barrière invisible, je fais quoi ?

— Hé ! Que fais-tu là ?

Je sursaute. Un homme en uniforme plus blanc que blanc m'observe de loin. Un vigile. Je m'apprête à lever les mains. Le type rouspète :

— Ce n'est pas le meilleur endroit pour un pique-nique. Rapproche-toi de la piste avant que je ne te mette un avertissement pour présence non autorisée en zone sensible.

J'ai ma gourde sortie, mon sac à côté de moi. Il en déduit que je pique-nique là ? Sans le contredire, je le suis. Il m'abandonne sur la piste de marche sans aucune vérification supplémentaire.

Une chose est sûre, ce n'est pas en avançant au hasard que je vais trouver Zéfia et le temps dont je dispose ici est limité. Tout ce que je sais, c'est qu'elle voit une pâtisserie de chez elle. Une pâtisserie qui vend des sucreries en forme de dôme rose.

C'est mal barré.

***

Je peine à y croire. Je me suis aventuré sur les chemins jaunes. J'ai longé trois quartiers bordant la forêt, puis je me suis enfoncé dans la ville. Chaque quartier est construit de façon identique. Une fois ça compris, j'ai rapidement repéré la rue des commerces et la pâtisserie chargée de le desservir.

C'est le cinquième quartier et ils sont là, dans la vitrine, telle une flèche géante désignant mon objectif. Des dômes roses, fièrement dressés sur un piédestal surmonté d'un gros chiffre « 1 » sous lequel une plaque gravée vante la rafle du premier prix du concours de la meilleure pâtisserie – pour la troisième année consécutive – grâce à ce gâteau.

Je dois être prudent. Il est midi passé, je suis loin de la colonne depuis plusieurs heures. Ce serait le comble qu'après tous ses allers-retours chez les producteurs, ce soit moi qui attire le fléau dès ma première visite du côté des chercheurs.

Je me retourne pour observer la rue. À quoi je m'attendais ? À ce qu'elle sorte de la pâtisserie pile au moment où je suis devant ? Je pourrais rester dans le quartier, attendre qu'elle passe en faisant mine d'être intéressé par les offres des boutiques. Zéfia m'a affirmé qu'elle avait vue sur la vitrine et qu'elle trouvait l'odeur des gourmandises fraîches irrésistible. Elle ne doit pas habiter loin. Je vais continuer à zoner dans le coin.

***

Je regarde une dernière fois de chaque côté du carrefour du bout de la rue et entame mon chemin pour retourner vers la forêt. Je suis ici depuis huit heures. Il est temps que je rentre. Revenir sera plus facile maintenant que je connais le chemin. Pour un peu qu'elle ne m'ait pas menti sur la rue où elle vit, je finirai bien par la trouver.

Mais pour aujourd'hui, pas le choix : je dois rentrer.

Une godasse heurte le mur à côté de moi et s'écrase au sol. Je la ramasse. Son homologue se trouve quelques mètres derrière moi. Et une autre. Il pleut des chaussures ? Qu'est-ce que…

Un pot de fleurs s'écrase avec fracas plus loin. Des gens râlent sur la dangerosité de l'incident, mais au troisième étage au-dessus, une belle blonde m'adresse de grands signes du bras.

— Cette nana est complètement siphonnée.

Mais je suis soulagé de la voir et mes pas me font déjà faire demi-tour. Je ramasse les chaussures en passant, me plante à côté du pot fracassé et lève les yeux. Elle est là, souriante, au-dessus de ma tête :

— Récupère la fleur aussi, je vais la rempoter !

– Elle –

Attendre qu'il compose le code d'ouverture de la porte de l'extérieur sont les secondes les plus longues de ma vie. Je tire sur le battant, le saisis au col et le ramène contre moi pour l'embrasser. Ma paume referme la porte, il grogne contre ma bouche :

— T'étais où ? Tu vas bien ?

— Ma sœur m'a grillé sans autorisation à la forêt. Elle est vigile, elle m'a collé une punition et je ne peux pas sortir d'i…

Mes mots se perdent dans sa bouche. J'agrippe ses cheveux et lui mordille la lèvre.

— Comment tu es arrivé jusqu'ici ?

— Téléporteur, marche et pâtisserie.

Il a traversé la forêt pour me retrouver avec pour seul indice la pâtisserie de mon quartier ? Je soulève son pull pour le lui enlever, ramène son cou vers moi pour glisser ma langue sur le tatouage des producteurs. Il s'écarte, l'air inquiet :

— Tu pleures ?

Je le regarde sans comprendre. Effectivement, une larme roule sur ma joue. Je l'essuie d'un revers de main :

— Tu as dû m'envoûter. Tu vois à quel point je suis contente de te revoir ? J'en pleure de bonheur.

— C'est drôle, c'est ce que j'ai pensé aussi, en passant la frontière.

Je ris et l'entraîne dans ma chambre. Il reste silencieux, observe ma commode, ma coiffeuse, mon bureau et mon cadre de lit, deux fois plus large que son matelas posé à même le sol, au bloc.

— C'est ta chambre ?

— Ouais.

— Je comprends mieux ta tête, ce jour-là, quand tu as vu que ma chambre n'était pas un simple placard.

— Et ça te gêne de troquer notre lit d'herbe contre un vrai matelas ?

Taylor sourit et s'allonge à côté de moi, m'enlace et caresse tendrement la courbe de mon cou. La douceur de ses gestes et de ses yeux me grise, son empressement à peine contenu m'électrise. Je compte bien profiter de sa présence jusqu'à la dernière seconde, jusqu'à ce que ma sœur rentre.

Finalement, quelques jours de repos après cette visite inattendue ne seront pas de trop.

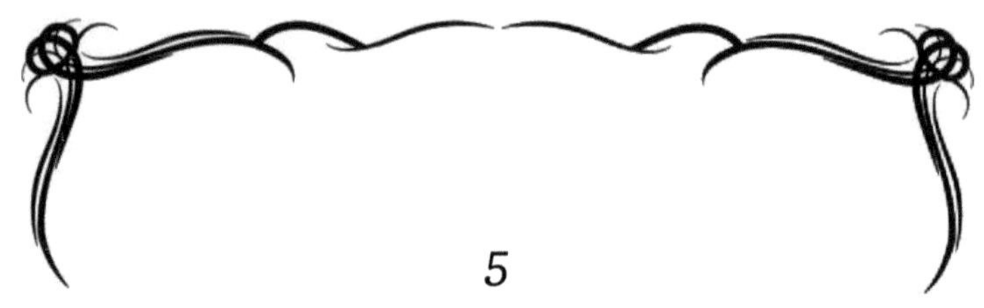

5

– Lui –

Je suis figé derrière la porte de la chambre. La sœur de Zéfia est rentrée plus tôt que prévu et m'a découvert, nu comme un ver, en train de pioncer dans le lit de sa frangine. Réveil sonore assuré, mais leur dispute prend un tour inattendu.

— C'est toi qui as fait en sorte que je sois enfermée pendant des jours. Ne t'étonne pas que je me trouve une distraction !

— Distraction ? Je t'en prie, tes seules distractions, ce sont tes recherches, tes éprouvettes, tes tests et ton obsession avec l'affaire du bloc 421 !

— Qu'est-ce qui te déplaît le plus ? Que j'ai rencontré quelqu'un, ou qu'il soit là alors que toi, tu viens de te faire larguer ?

— C'est un coup-bas, Zéfia.

— Je rends coup pour coup, Kayla.

Les deux sœurs signent une trêve tacite dans leur

dispute. Des talons frappent vigoureusement le sol dans ma direction. Au moins, j'ai remis mon pantalon ! Ma chercheuse préférée pousse la porte avec le reste de mes affaires que je m'empresse d'enfiler.

— Taylor, je suis désolée.

— Elle ne semble pas ravie de ma présence ici.

— Et encore, si elle savait d'où tu viens, ce serait pire ! Je serai libre de sortir seule d'ici cinq jours. Il ne vaut mieux pas que tu retentes de venir d'ici là.

Elle réajuste le col de mon pull, passe ses doigts dans mes cheveux en se mordant la lèvre inférieure et m'embrasse. Je la serre contre moi :

— J'aurais préféré que ce soit toi qui me dises pourquoi tu étais dans ma chambre et pas celle de Yosh. Tu savais pour mon transfert, pour le bloc. C'est pour ça que tu es venue me voir, moi.

— Pas du tout ! Enfin si, un peu, mais pas vraiment. Je savais que c'était ta maison, mais pas que c'était ta chambre. Je n'ai su qui tu étais que quand tu m'as dit ton prénom.

Je recule. Nouvelle donne. Ma gorge se serre :

— Tu n'as pas à te justifier. Je suis venu ici pour comprendre ton absence. J'ai obtenu plus de réponses que je ne m'y attendais. Maintenant… ne reviens plus au bloc.

Je ne pensais pas que ça me coûterait autant de le dire. Mais ce à quoi je m'attendais encore moins, c'était de voir les veines de mes poignets noircir. Je recule et réajuste ma manche en prenant mon sac. Il faut que je parte loin d'ici. Vite.

— Taylor, s'il te plaît. C'est à cause de ce que j'ai dit à ma sœur ? Tu n'es pas qu'une simple distraction pour moi, je t'assure. Tu…

— Avoir allié l'utile à l'agréable ne change rien. Je suis ce foutu rescapé du bloc 421. Tu as bien fait ton job : je t'ai confié des choses que je n'avais jamais dites à personne. J'espère que ça te sera utile pour trouver le remède. Ne reviens plus au bloc.

Depuis quand mes poignets sont dans cet état ? Pas longtemps sans doute, sinon, je l'aurais remarqué à mon réveil. Je n'ai pas encore de pulsion agressive, mais je ne vais pas attendre d'en avoir avant de m'éloigner. C'est sans compter sur la voix brisée de Zéfia qui accroche mon pull.

— Taylor, je t'assure, je n'avais pas prévu ce qu'il se passe entre nous.

— Prévu ou pas, tu restes une chercheuse et moi, un producteur. C'est sans avenir. Qu'est-ce que tu as cru ? Que tu étais spéciale à mes yeux ? La seule ?

Je le vois à son regard : elle croit à mon mensonge. Comment elle peut croire à mon mensonge ? Quoique, les inflexions de ma voix étaient dures. Ça ne me ressemble pas.

— Il faut que je parte.

C'est sans compter la deuxième blonde, de l'autre côté de la porte. Bras croisés, cheveux courts et visage sévère, elle a tout entendu et approche sa main de mon col roulé. Je l'intercepte et la rejette.

— Kayla, si j'ai bien compris.

— Comment tu as pu arriver jusqu'ici avec cette allure ?

— Tes collègues sont moins regardants. Et il faut croire que je me suis fait avoir par ta sœur, assez pour m'inquiéter au point de venir voir ce côté. Vous êtes dans le grand confort, comparé à chez nous. Ne pas devoir vous parquer dans un rayon délimité par des colonnes a ses avantages, je suppose.

— Qu'est-ce que… Tu te rends compte à qui tu parles ? Je suis vigile ! Je devrais te dénoncer pour franchissement de frontière et mise en danger de tous !

— Si tu fais ça, tu devras me dénoncer aussi, s'interpose Zéfia. C'est moi qui ai commencé à aller au bloc. Lui, c'est la première fois qu'il vient ici.

— Et la dernière.

— Taylor…

— On ne se reverra pas, Zéfia. Ce n'était pas un jeu, pas pour moi !

J'inspire et ferme les yeux. Il ne manquait plus que je me contredise !

— Ça n'a jamais été un jeu pour moi non plus. Mais les couples n'existent pas au bloc, n'est-ce pas ?

Les couples monogames sont la norme, ici. Je préférais fermer les yeux sur ce que tu pouvais faire avec d'autres.

— D'autres ? Parce que tu crois qu'il y en a eu d'autres ?

Je dois partir. Je dois partir avant qu'elle ne comprenne !

— Mais, tu as dit…

— Peu importe. C'est fini. Non, rien n'a jamais commencé. Si tu veux avoir une chance de me revoir un jour, élabore ton remède. Sans distraction. Et peut-être, peut-être qu'à ce moment-là, on pourra tenter quelque chose.

Silence. Je me dirige vers l'entrée. Mes poignets brûlent. Mes chevilles aussi. À quelle vitesse je vais me consumer ? Je suis loin des colonnes depuis beaucoup trop longtemps. Je dois partir. Loin. Il ne faut pas que je perde ça de vue avant de perdre la tête.

— Zéfia, je vais le raccompagner, annonce sa sœur. Et ne t'avise pas d'essayer de nous suivre. Je te rappelle que tu portes un traceur qui fera rappliquer des vigiles illico.

— Tu es vraiment… Non, Taylor !

Je me retourne. Elle court vers moi et j'écarte les bras pour l'y accueillir. Il semblerait que jouer l'insensible, ce n'est pas fait pour moi :

— Je ne le dis pas, mais je le ressens. Reste ici, ne reviens pas.

— Je… Je le ressens aussi, Taylor. Vraiment. Crois-moi.

Je la repousse, effrayé. Dans ma tête, un nouveau mot vient d'apparaître pour la désigner.

Non-assimilable.

***

Vingt minutes de marche suffisent pour atteindre la lisière de la forêt. Je transpire comme un fou à force de lutter contre mon envie de partir d'ici en courant. Sur la piste des marcheurs, Kayla s'arrête.

— Tu sais que je ne peux pas te laisser rentrer chez toi dans cet état, le producteur.

— Tu as vu, hein ?

Son menton confirme d'un signe sec.

— Ta manche est remontée quand tu m'as empêchée de regarder ton cou. Ça peut se passer de deux façons. Soit tu viens avec moi jusqu'au labo où on t'éliminera en douceur, soit tu résistes et on va se battre ici même. Dans le premier cas, Zéfia n'en saura rien. Dans le second, une alerte retentira dans toutes les maisons pour annoncer le confinement, et elle saura.

J'inspire, effrayé, mais aussi soulagé. Je ne ferai pas de victime ici. Nous bifurquons.

— Pourquoi tu m'as emmené jusqu'ici, si tu savais ?

— Pour t'éloigner au maximum des habitations.

Pas bête.

— C'est quoi, son obsession pour le bloc 421 ?

— Elle est persuadée que le remède s'y trouve.

Je m'arrête.

— Qu'est-ce qui lui fait penser ça ?

— Elle n'a pas le droit de m'en parler. C'est un sujet classé, mais elle s'y intéresse depuis qu'elle l'a découvert pendant ses études et… Pourquoi je te raconte tout ça, moi ? Avance !

J'obéis et tire sur mes manches. Mes veines noircissent inexorablement mes mains, gagnent déjà mes doigts. J'ai eu droit à six années de rab après le bloc 421. Après tout, ce n'est pas si mal, comparé à mes amis morts là-bas.

— Je l'aime, tu sais. Je m'inquiétais qu'il lui soit arrivé quelque chose. C'est pour ça que j'ai traversé la forêt et que j'ai perdu la notion du temps une fois avec elle. Je ne voulais mettre personne en danger. Même maintenant. Je suis désolé. Ton labo, il est encore loin ?

— Une quinzaine de minutes. Pourquoi ?

— Parce que l'ombre gagne du terrain, et que je ne pense pas tenir quinze minutes avant qu'elle ne prenne le dessus.

Je retire mon pull. Les yeux effrayés de Kayla me confirment ce que je redoutais. Les veines noires des doigts aux épaules, je n'ose pas découvrir mes jambes : ma taille est déjà atteinte. Des vigiles émergent de la forêt et convergent sur les pistes. Un homme imposant se détache du groupe, suivi par cinq personnes équipées de chaînes, de pistolets tranquillisants, de tasers et d'équipements que je ne connais pas. Malgré toutes ces armes pointées sur moi, ou à cause d'elles, je souris :

— Pardon d'avoir émis des réserves sur ton degré d'intelligence, Kayla. Tu as su appeler des renforts, au cas où. C'est bien.

Je suis sincèrement soulagé. Je n'aurais pas supporté de revivre le drame du bloc 421. Ni d'être encore celui qui perd la personne qu'il aime.

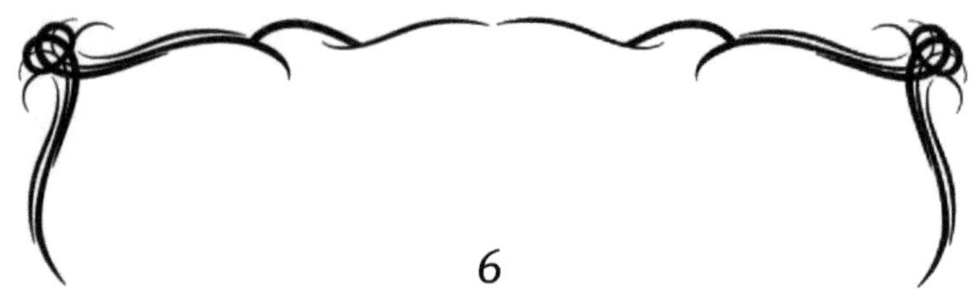

6

– Elle –

Une semaine s'est écoulée depuis le départ de Taylor. Telle une loque, je traîne entre mon lit, la cuisine et le salon. Kayla tire brusquement sur ma couette. Je me cache sous mon oreiller. Ma bornée de sœur m'attrape les chevilles et me tire jusqu'à ce que j'aie le cul parterre.

— Zéfia, tu dois reprendre le travail. Tu veux revoir ce type, pas vrai ?

Je déglutis et hoche la tête. Elle tente encore de me convaincre de retourner au labo, d'envoyer des instructions à mon équipe d'ici. Je hausse les épaules. Elle rapproche son pouce et son index sans les toucher sous mon nez :

— S'il y a bien une chercheuse qui est à ça de trouver la solution pour immuniser toute la population du fléau, c'est toi. Tu n'as pas le droit de lâcher. Je devrais me taire, mais il l'a dit, sur le chemin. Il t'aime.

Il veut te revoir. Mais c'est trop dangereux pour le moment. Pour toi comme pour lui. Alors arrange ça et trouve comment éliminer ce fléau qui vous empêche d'être ensemble !

Je bats des cils. Et s'il a trouvé quelqu'un d'autre d'ici que j'aie la bonne formule ? Je confie ma peur à ma sœur qui réplique :

— Tu n'as pas dit qu'il n'y avait pas de couple, là-bas ? C'est plutôt à toi de te demander si tu n'auras pas tourné la page pour alors !

Cette fois, je me lève :

— Certainement pas ! Je vais trouver le bon remède et il y aura plutôt intérêt à ce que son bloc soit le premier à en bénéficier !

— Ben voilà ! Ça, c'est la Zéfia que je connais !

Je lui jette mon haut de pyjama puant à la figure pour la chasser de ma chambre.

***

Le premier test a foiré.

Je crève de trouille. Nous avons décidé de nous lancer, avec mon équipe. Nous avons obtenu les autorisations nécessaires pour passer à l'étape suivante, mais je ne m'attendais pas à travailler avec des fléaux occupants déjà des hôtes. Je ne pensais pas voir injecter un remède hypothétique à un producteur sorti de je ne sais où, qui serait jeté en pâture à une ombre à la recherche d'un nouveau corps à occuper. Mon chef, le

Docteur Dorhane, est parfaitement hermétique à la cruauté qui se cache derrière ces conditions. Pour lui, seuls les résultats comptent.

Dans le couloir infini et glauque des salles d'études, il y a la porte 108. Je ne l'ai jamais franchie. Je n'ai jamais vu personne y entrer non plus. Pourtant, quand je passe devant, je m'arrête. J'ai essayé de lutter. D'accélérer. Rien n'y fait : je m'arrête.

Aujourd'hui, personne en vue. C'est l'occasion ou jamais de répondre à cet étrange appel. Je m'attends à rencontrer une résistance, mais la porte s'ouvre. La lumière s'allume dans la salle d'observation.

Mon chef entre derrière moi et l'espace d'étude s'éclaire. Il tente de me dire que je n'ai rien à faire là, mais mes mains se posent déjà sur la vitre. Un homme est solidement attaché au mur : taille, poignets, biceps, chevilles et cuisses entravés, les veines noires sur l'ensemble du corps. Mon cœur s'affole. Un soigneur le rejoint. J'occulte tout ce que me raconte Dorhane et frappe contre le verre.

Taylor relève la tête. Ses yeux striés de vaisseaux noirs me fixent. J'en suis certaine : malgré le carreau occulté, même si son corps semble ravagé, c'est moi qu'il regarde. C'est lui qui m'arrête chaque jour devant cette porte. Les mains puissantes de deux vigiles me tirent en arrière. *Hors de question.* Je tente de me débattre, quitte à mordre inutilement le gant d'un vigile, à essayer d'écraser la chaussure renforcée de l'autre. Je perds tout contact visuel avec Taylor et hurle :

— Non ! Laissez-moi ! Vous n'avez pas le droit !

Un poing s'abat lourdement sur la vitre. Son poing. Comment il a pu se défaire de ses entraves ? Comment peut-il se tenir là ? Des veines grises s'étalent telle une toile dans la paume de sa main. Il observe Dorhane avant de braquer ses yeux sur moi.

— Lâchez-la. Ou j'élimine cette immondice.

Le soigneur est toujours avec lui dans l'espace d'étude, terrifié, secouant frénétiquement la porte verrouillée. Le protocole de confinement de l'ombre s'est activé quand Taylor s'est libéré de ses chaînes, condamnant toutes les issues. Mon chef observe la scène, intrigué, sans le moindre intérêt pour le soigneur menacé. Quel contaminé s'est déjà montré capable de se retenir de tuer un non-assimilable sous son nez pour négocier ? Aucun… À part peut-être Prunille. Mais ça, il l'ignore.

— Quel sale caractère, celui-là, murmure Dorhane.

Taylor relâche son ombre. Elle l'enveloppe sur cinq centimètres, puis se dilate. Le fléau se répand et se densifie en forme de flèche noire et effilée qui vise le soigneur. L'homme hurle, épouvanté. Mon souffle se bloque. En dépit du frisson d'effroi qui m'envahit, de mon instinct qui me hurle de prendre mes jambes à mon cou, je refuse de fuir ou de détourner les yeux.

— Lâchez-là, répète Taylor.

La pointe qu'il a formée, à l'apparence solide et menaçante, tournoie sans relâche. Les deux agents obéissent, mais ils me barrent toujours l'accès à la vitre et Taylor grogne :

— Étude. Seulement elle. Tuerai les autres. Deal, Dorhane.

— Nous n'avons pas besoin de t'approcher pour t'étudier.

— Pas besoin.

Le sourire carnassier qu'il affiche me glace le sang. À l'état de brume, l'ombre traverse la paroi de verre renforcé. Mon chef recule, les yeux exorbités. Taylor éclate de rire en dissipant la flèche tournoyante. Le message est limpide : le protocole en place est bien trop faible pour empêcher son ombre de s'adonner à un carnage s'il le décide.

Mais alors, que fait-il là ?

— Immondice, sors. Elle, étude. Deal, Dorhane.

Mon chef lui adresse un grognement. Il n'hésite pas à sauver le soigneur, non. Il tergiverse parce que le deal ne lui convient pas ! J'en ai la preuve lorsqu'il répond :

— Je m'occupe personnellement de ton cas.

— Non. Pas toi. Toi, immondice. Toi, mort.

En un battement de cils, le fléau s'amasse de notre côté pour s'enrouler autour du cou de Dorhane et le soulever du sol. Les pieds dans le vide, son premier réflexe est de tenter de saisir la brume impalpable, en vain. Les vigiles essayent de l'aider, impuissants.

L'ombre de Taylor est d'une puissance jamais vue. J'en reste béate de trouille… et d'admiration.

Soudain, le brouillard noir qui serrait le cou de mon chef se disperse. Taylor tombe au sol. La porte s'ouvre pour laisser sortir le soigneur. Je regarde le vigile qui a enclenché la diffusion de l'onde électromagnétique d'urgence. Si l'onde tue l'ombre, Taylor mourra. Je m'apprête à me jeter sur le levier lorsque le second vigile apparaît devant moi, une aiguille déjà plantée dans mon bras. Ma vision se brouille, mes muscles me lâchent. Dorhane interrompt la diffusion de l'onde en hurlant des mots qui m'échappent et, en dépit de tous mes efforts, je perds connaissance.

***

Je me suis réveillée chez moi. Kayla était inquiète. J'ai balayé ses questions d'un silence de plomb.

De retour au labo, mon équipe me bombarde de questions. Je les ignore. Dorhane est « indisponible ». J'obtiens finalement l'info que je voulais auprès des soigneurs : le sujet de la salle 108 a survécu.

Immondice. La vitesse ne sera jamais la solution pour endiguer une contamination. Nous ne battrons pas le fléau à ce niveau. Taylor me l'a montré hier. Il peut mobiliser les cellules de l'ombre si vite qu'il traverse les matières solides, et même des ondes électromagnétiques, s'il dispose d'assez d'énergie.

Mes premiers collègues sursautent quand je leur prélève une goutte de sang. Les autres acceptent tacitement en tendant un doigt. Je ne décroche pas un mot. Sans explication, je lance un essai. Le fléau face à notre sang.

Immondice. Taylor a qualifié les non-assimilables d'immondices.

Nous partons sur les bases constatées et admises des chercheurs de la première génération. Nous avons tous pu observer les mêmes vidéos, pendant nos études, nous montrant le fléau rester impassible face à la goutte de sang d'un non-assimilable.

Nos résultats s'avèrent bien plus complexes.

La sidération de chacun remue le labo. Certains échantillons du fléau bougent à peine, c'est vrai, mais plusieurs reculent littéralement jusqu'aux limites des éprouvettes. Aucun n'approche nos cellules sanguines.

Immondice. Nous sommes des déchets pour eux. Quelque chose en nous, comme chez les insectes, les oiseaux, les reptiles et autres non-mammifères, nous rend inintéressants, répugnants, immondes et non-assimilables pour les ombres.

Depuis des années, nous cherchons un élément manquant à l'ADN des producteurs. Nous cherchons en vain ce qui leur permettrait de repousser le fléau alors que depuis tout ce temps, nous devions les priver de ce quelque chose qui les rend délectables à ses yeux.

Enfin, j'ouvre la bouche pour donner des ordres à mon équipe. Nouveaux tests, nouvelles données et bientôt, chacun se trouve entouré de spirales d'ADN à inspecter.

***

Il fait nuit. J'attends ma sœur à la frontière de la forêt. Furieuse, elle déboule sur l'herbe rase en tenue de vigile.

— Même pas en rêve ! Tu n'y retournes pas !

— Je dois y aller. Kayla, je pense avoir trouvé un remède efficace.

— Comment ça, tu penses ? Tu n'as pas des tests à faire en labo qui pourraient te le confirmer ?

— La vie que je veux sauver se trouve déjà au labo. Et celui qui peut m'aider à le sauver se trouve là-bas. Viens le chercher avec moi.

Elle se fige. Je suis curieuse de savoir quand et comment Taylor a été contaminé, mais j'ai peur de la réponse. Elle ne prononce pas son nom. Elle ne cherche pas à nier qu'elle savait où il se trouve non plus. Elle se connecte à son système de sécurité, procède à quelques manipulations et serre son canon à ondes contre sa hanche :

— Je te suis, grande sœur.

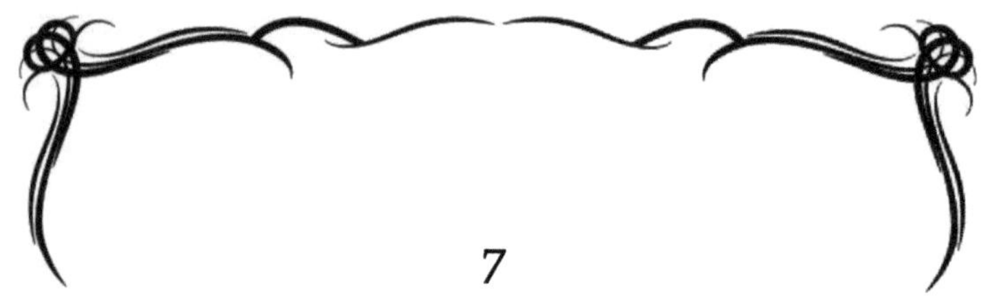

7

– Elle –

Être accompagnée d'une vigile en tenue complète pendant le couvre-feu présente plusieurs avantages. Le premier, personne n'intercepte une vigile entièrement équipée, même accompagnée d'une civile suspecte. Le second, quand nous toquons à la porte de la bicoque, il suffit que ma sœur réclame Yoshio pour qu'il se pointe en trombe.

La colère et la tristesse animent immédiatement ses traits lorsque je lui annonce que Taylor a été contaminé. C'est la tristesse qui prend le dessus. Vu ce que je sais maintenant, je ne doute pas que les gens d'ici doivent souvent entendre ce genre d'annonce.

Ma sœur prétend devoir lui poser des questions. Il nous suit, mais il connaît son bloc et se rend rapidement compte que nous nous éloignons du centre de la résidence. Autant être honnête.

— Taylor n'est pas mort.

— T'as dit qu'il avait été contaminé. On sait ce qui arrive aux contaminés : ils sont éliminés avant que l'ombre ne puisse assimiler quelqu'un d'autre.

— Taylor a été contaminé, mais il n'est pas mort. Il est retenu dans le labo où je travaille.

Son regard alterne entre moi et ma sœur. Je découvre mon bracelet blanc, le sigle des chercheurs gravé dessus et lui montre ma nuque nue. Il secoue la tête, puis respire profondément plusieurs fois. Je lui désigne mon sac :

— J'ai avec moi un essai de remède contre le fléau. Il n'a pas encore été testé en conditions réelles.

— J'ai peur de comprendre. Tu veux que je serve de cobaye ? Son ombre va me bouffer et nous condamner tous les deux si ça ne fonctionne pas !

— Je ne peux pas le faire moi-même. Et je crois qu'il n'y a que toi qui puisses te tenir face à Taylor. Je pense que, même si le remède ne fonctionne pas, il te laissera partir. Il te reconnaîtra.

— Les contaminés assimilent jusqu'à leurs enfants mais toi, tu penses que l'ombre qui a choppé Taylor va me laisser partir ?

— Oui. Parce que Taylor se souvient de moi. Et je pense qu'il se souviendra aussi de toi. Si ce n'est pas toi, Taylor se retrouvera face à un parfait inconnu et si mon remède s'avère être un nouvel échec, il l'assimilera et sera réduit en poussière dans la foulée.

Yosh recule. Il soupire, bouge, lève les bras et les yeux, semblant interroger le ciel sur la conduite à tenir.

— Qu'est-ce qu'il a de différent de ceux qui ne fonctionnent pas, ton remède ?

— Il n'essaie pas d'ajouter quelque chose. Il retire.

— Il retire quoi ?

Je souris :

— Ce qui fera de toi une immondice que même le plus désespéré des fléaux ne voudrait pas pour hôte.

– Lui –

Elle approche. Deux avec Elle : non-assimilable et hôte.

Je tire sur les chaînes au mur qui me brûlent la peau. Le déchet a renforcé leur puissance. Assimiler. Libérer fléau. Épargner, Elle. Elle, à moi.

Porte ouverte. Odeur familière. Forêt. Pins ? Souvenir d'un goût succulent sur mes lèvres. Le goût de ses lèvres, à Elle. Elle, qui reste dans le couloir.

J'ouvre les yeux. Elle est une entité à laquelle ce corps était lié ? Non-assimilable reste devant hôte. Immondice terrifiée. Hôte, derrière elle, me regarde dans les yeux. Il approche. Je me moque de lui.

Il veut que je l'assimile pour qu'Elle entre. Il me provoque. Quelque chose ne va pas. Qu'est-ce que c'est que ça ? Assimilable souillé. Il colle son visage au mien.

— Souillé ? Je suis un producteur, un authentique ADN assimilable que le fléau adore. Je m'offre, t'as qu'à te servir. T'attends quoi ?

— Toi, inhibé. Dégoûtant. Non-assimilable.

— Fais un effort, Frío.

— Pas Frío ! Taylor !

Il recule de deux pas et hoche la tête.

— Ouais. Ouais, Taylor. Je suis content qu'il y ait encore une trace de toi là-dedans, mec.

Sourire. Mon cerveau reconnaît son sourire. Mot pour lui. Ces hôtes se désignent par des noms.

— Yosh… Yoshio.

— Ouais, mec. C'est moi.

Il recule vers l'immondice. Protection ? Elle entre. Elle m'observe, éveille le corps de mon hôte. Désire ?

— Tu offres ce spectacle à toutes les femmes, ou c'est moi qui te fais cet effet ?

— Toi.

— Pourquoi tu m'as réclamé ?

— Toi.

— C'est limité, comme vocabulaire.

Je l'observe. Ses yeux brillent. Quitte à me brûler la peau sur mes entraves, je veux m'approcher d'Elle.

Un mot me vient à l'esprit. Son nom ?

— Toi. Toi. Placard.

Ses lèvres s'étirent. Elle rit à gorge déployée. Elle s'approche et je déglutis, avide de son contact. Mais elle s'arrête.

— Taylor. Ravie de te revoir.

— Fille du placard. Embrasser.

— Tu es gourmand.

Je grogne, le son montant crescendo dans ma gorge.

— Embrasse… moi… Zéfia.

C'est ça, son nom. Les connexions se font lentement, mais j'arrive à suivre les cheminements des pensées familières de ce cerveau et les mots s'imposent à moi. Elle approche. Elle tend sa main. Je frotte mon nez contre sa paume. Elle n'a pas peur, bien que je sois l'hôte du fléau.

— Je ne t'ai pas reconnu. Zéfia… Comment j'ai pu ne pas te reconnaître ? Pardon. Pardon…

— Tu m'as reconnu, Taylor. Tu m'as arrêté devant la porte de cette salle chaque fois que je suis passée devant. Au fond de toi, tu m'as reconnu, tu ne m'as pas oublié.

Elle relève mon visage et unit nos lèvres. Oui, ça, j'aime.

— Taylor, tu ne peux pas assimiler Yosh ?

— Non. Immon… Non-assimilable.

Elle caresse encore ma joue. C'est elle. C'est grâce à elle. Elle a trouvé.

— Remède. Tu as… le remède.

Elle hoche la tête. Je pose mon front contre le sien :

— C'est bien. Je peux pas dire pardon. Je regrette pas de t'avoir rejoint. Je t'aime. Fais-le. Fais ce que tu dois. Maintenant.

Elle hoche la tête et m'embrasse encore. Une de ses mains court sur ma peau, me caresse, sans peur, sans frayeur, comme avant que mes veines ne deviennent noires. Et ça pique. Ça brûle. Le feu remonte vers le haut, vers mon torse. Mes poumons s'enflamment au point que hurler en devient trop douloureux.

Pas de nouvel hôte où aller se réfugier. Pas de sortie. Pas de suite.

***

Il y a cinq ans que le remède a été découvert, que Zéfia m'a sauvé. L'ensemble des producteurs a été vacciné, bloc par bloc, en à peine six mois. Les enfants ont désormais plus de 70 % de chances de naître immunisés et, dans le cas contraire, ils reçoivent une injection dès que nécessaire.

La vie a changé. Certes, les producteurs produisent toujours et les chercheurs ne manquent pas de nouvelles choses à chercher, mais les places de chacun ne sont plus immuables. Grâce aux téléporteurs, les deux facettes du monde se côtoient. C'est encore fragile, mais les échanges et les rencontres sont de plus en plus courants, comme pour Zéfia et moi ou Yosh et Kayla. Ils forment un couple encore unique dans leur genre, au bloc.

Zéfia consacre son temps à l'élaboration de versions adaptées du remède pour d'autres espèces de mammifères. Contrairement à son ancien chef, elle a trouvé le moyen de tester le remède in vitro, et pas directement sur des sujets innocents. Dorhane, lui, a définitivement quitté le centre de recherche sur le fléau. La rumeur court qu'il a été traumatisé par un face-à-face avec une ombre…

Quant à moi, depuis la naissance de notre fils, Garret, je vis un rêve éveillé. Peu importe le travail qu'on m'attribue pour remplir mon devoir de citoyen. Mon expérience favorite reste de prendre soin de ma famille.

Zéfia me rejoint tôt dans l'après-midi, à la lisière de la forêt. Garret cueille des fleurs à quelques mètres de l'arbre contre lequel je suis adossé. Elle s'arrête pour lui faire un câlin et s'extasie devant le monticule de pétales qu'il a rassemblés. Une fois près de moi, je l'enlace et l'embrasse. Zéfia pivote et passe une jambe entre les miennes.

— Tu sembles pensif, remarque-t-elle.

— J'apprécie pleinement le moment. C'est surtout quand on se retrouve ainsi tous les trois que je me rends compte de la chance que j'ai d'être ici, avec vous. Rien d'autre ne réussit à me rendre aussi heureux.

Parfois, je crois que notre amour se tarit. Plus souvent encore, je la vois. Avec Garret, ou face à son café du matin, ou encore sur notre lit, parfois coquine, parfois simplement fatiguée. Et je retombe amoureux. Et chaque fois que je pensais ne pas pouvoir l'aimer plus fort, je me rends compte que cet amour est indescriptiblement puissant et infini.

Il me rappelle l'amour que ressentait Prunille, sans nulle autre limite que celle qu'imposait sa propre connaissance de la force qu'elle pouvait lui octroyer. Je suis heureux d'avoir survécu pour pouvoir porter ce sentiment à mon tour. En sa mémoire, en remerciement envers Taylor de m'avoir pleinement cédé son corps, il y a onze ans, ce jour-là, au bloc 421.

Ma compagne se penche et murmure à mon oreille :

— Rien de tel pour une ombre que de briller en pleine lumière.

FIN